Écrivains | numéro 15

ÉMILE ZOLA
ET LE ROMAN EXPÉRIMENTAL

— Les Rougon-Macquart ou la parfaite illustration du naturalisme

par Julie Pihard

50MINUTES

Avec la collaboration d'Anne-Sophie Close

ÉMILE ZOLA

- **Nom ?** Émile Édouard Charles Antoine Zola.
- **Naissance ?** Né le 2 avril 1840 à Paris.
- **Mort ?** Décédé le 29 septembre 1902 à Paris.
- **Contexte ?** Dans les arts et en littérature, l'heure est au réalisme exacerbé, qui entend livrer le quotidien le plus fidèlement possible, dans une Europe qui rentre peu à peu dans l'ère de la modernité, corollaire direct de la révolution industrielle et de la montée du capitalisme.
- **Œuvres majeures ?**
  - *Thérèse Raquin* (1867)
  - *Le Ventre de Paris* (1873)
  - *L'Assommoir* (1877)
  - *Nana* (1880)
  - *Au Bonheur des dames* (1883)
  - *Germinal* (1885)
  - *La Bête humaine* (1890)
  - *Le Docteur Pascal* (1893)

Plus de 100 ans après sa mort, le nom d'Émile Zola résonne encore fortement dans l'imaginaire collectif. Et pour cause, puisqu'il est l'un des écrivains français les plus populaires de son époque, ainsi que l'un des auteurs les plus traduits, lus et étudiés au monde. Chef de file du naturalisme, un courant littéraire qui tente d'appliquer la méthode scientifique à l'écriture, Zola en fixe la théorie et en réunit les partisans. Il connaît, de son temps, un engouement sans précédent : adulé par la critique autant que par le peuple, dont il bouleverse cœurs et consciences, il impose son modèle pour plusieurs décennies, en écrivain convaincu et convaincant.

Outre son talent littéraire, Zola possède un sens aigu de la vérité. On la retrouve dans ses œuvres, où il nous livre une peinture minutieuse du monde, de la société et des différentes classes, principalement au sein de sa vaste fresque familiale et sociale, les *Rougon-Macquart* (20 romans, 1871-1893). Mais la quête de vérité est également au cœur de ses engagements politico-sociaux, surtout au moment de l'affaire Dreyfus, dans laquelle il s'engage corps et âme et qui fait couler beaucoup d'encre, notamment la sienne dans son fameux texte *J'accuse* (1898). À la fois génie de l'écriture et dénonciateur d'injustices, Zola est presque devenu un mythe et continue à toucher le public d'aujourd'hui autant qu'il a ému celui de la fin du XIXe siècle.

CONTEXTE

DE LA MONARCHIE À LA RÉPUBLIQUE EN PASSANT PAR L'EMPIRE

Le XIXe siècle dans son ensemble est une époque de profondes mutations et la période dans laquelle s'inscrit Zola ne fait pas exception. Ayant vécu toute son enfance en province, loin des préoccupations politiques de la monarchie de Juillet (1830-1848), il arrive à Paris en 1848, l'année de l'instauration de la Deuxième République, présidée par Louis Napoléon Bonaparte (1808-1873), le neveu de Napoléon Ier (1769-1821). Mais ce régime est de courte durée : en décembre 1851, Bonaparte réalise un coup d'État et, en 1852, fonde le Second Empire – un régime haï par Zola. Prenant le nom de Napoléon III, l'empereur autoproclamé développe un pouvoir autoritaire, modernise le pays en profondeur et cherche à étendre son territoire.

Toutefois, l'échec de la France lors de la guerre franco-prussienne de 1870-1871 sonne le glas du prestige impérial et, dès 1870, la Troisième République succède à l'Empire. Première période de relative stabilité depuis la révolution de 1789, elle perdurera jusqu'en 1940. Mais elle ne fait pas d'emblée l'unanimité : en effet, de mars à mai 1871, les Parisiens se révoltent, entre autres contre la soumission au vainqueur prussien. Il s'agit de l'épisode révolutionnaire de la Commune, violemment réprimé par le gouvernement d'Adolphe Thiers (1797-1877) qui se livre à des destructions et à des assauts meurtriers à répétition. L'insurrection prend fin après la Semaine sanglante (21-28 mai 1871) et aura fait, au total, environ 20 000 victimes. Après ce drame, il faut neuf ans à l'Assemblée nationale, en proie aux hésitations, pour fixer les modalités du nouveau régime et les nouvelles lois constitutionnelles. Celles-ci s'inscrivent alors incontestablement dans la modernité, en faisant enfin place à des thèmes jusque-là controversés tels que les droits à la laïcité, à la grève ou à l'association.

ÉVOLUTIONS ET RÉVOLUTIONS : LA MODERNITÉ EN MARCHE

Si le XIXe siècle est particulièrement troublé sur le plan politique, il est également en proie à un bouleversement d'un autre ordre : la révolution industrielle. Arrivée d'Angleterre au début du siècle, celle-ci connaît son apogée durant la monarchie de Juillet et, surtout, sous le Second Empire. C'est en effet durant le règne de Napoléon III que la France connaît ses évolutions les plus consé-quentes : l'empereur, avec l'aide du préfet George Eugène Haussmann (1809-1891), modifie radicalement la configuration de Paris (dans un but de salubrité, de protection citoyenne et de prestige), les pre-miers grands magasins sont créés, les voies de communication se développent considérablement, on assiste à la naissance de la production de masse et du travail à la chaîne, d'importantes indus-tries émergent… autant de facteurs qui concourent à l'essor du capitalisme naissant.

L'industrialisation du pays provoque par ailleurs l'émergence d'une nouvelle classe sociale, le prolétariat urbain – décrit en profondeur par Zola –, qui engendre à son tour des avancées sociales tout au long du siècle. Les plus importantes voient le jour sous la Troisième République, qui instaure les premières législations concernant les droits des travailleurs : les syndicats sont légalisés et des partis poli-tiques travaillistes sont créés pour les soutenir. C'est ainsi que les conditions de travail sont progressivement rendues moins difficiles – on assiste notamment à l'apparition du repos hebdomadaire obli-gatoire en 1906 –, que le travail des enfants fait désormais l'objet d'un contrôle et d'une réglementation, et que les ouvriers obtiennent e droit de grève ainsi que la possibilité d'avoir une fin de vie paisible grâce à la retraite. En outre, l'école primaire devient gratuite et est rendue obligatoire dès 1882 sous l'égide de Jules Ferry (1832-1893).

LE CULTE DE LA SCIENCE ET DE L'HISTOIRE

Le XIXe siècle est aussi marqué par de grands progrès et d'importantes découvertes dans le domaine des sciences, qui marqueront tous les domaines de la connaissance, y compris la littérature. Charles Darwin (1809-1882) énonce sa très controversée thèse de l'évolution tandis que Prosper Lucas (1808-1885), qui inspirera beaucoup Zola, présente ses théories sur l'hérédité et la dégénérescence. C'est aussi dans ce contexte que s'inscrivent Louis Pasteur (1822-1895), pionnier de la microbiologie et inventeur du vaccin contre la rage, ou encore Pierre (1859-1906) et Marie (1867-1934) Curie, physiciens nobélisés effectuant d'importantes recherches sur le radium. En médecine, la méthode expérimentale voit le jour dans la deuxième moitié du siècle, théorisée et expérimentée par le physiologiste Claude Bernard (1813-1878), dont Zola s'inspirera directement pour les *Rougon-Macquart*.

Plus globalement, le XIXe siècle place la science sur un véritable piédestal. D'ailleurs, un important système de pensée se répand, qui considère que les phénomènes ne peuvent s'expliquer que par le biais de l'observation et de l'expérience. Il s'agit du positivisme, développé par le philosophe Auguste Comte (1798-1857) dans la première moitié du siècle. Les approches introspective et intuitive perdent alors tout crédit. À la fin du siècle, le scientisme, dérivé du positivisme, affirme quant à lui que la science est capable de nous faire connaître tout ce qui existe et d'apporter des solutions à tous les problèmes humains.

Enfin, le XIXe siècle est également le siècle de l'histoire : on prend conscience que l'histoire s'écrit au moment présent et que les faits passés sont d'une importance capitale, à la fois pour la compréhension des événements contemporains et pour le prestige national. C'est d'ailleurs à cette époque que le concept de nationalisme prend son essor, chaque pays cherchant à s'affirmer et à exalter ses spécificités. Cet engouement pour l'histoire se ressent particulièrement en littérature et dans les autres formes d'art. Avec Alexandre Dumas (1802-1870), la tendance est au roman historique, dont le récit prend place dans une époque révolue ; une génération plus tard, avec Zola, la perspective change et il s'agit de réécrire l'histoire contemporaine pour mieux se l'approprier et la comprendre.

LITTÉRATURE : DE L'IDÉAL AU TERRE À TERRE

Au XIXe siècle, la culture devient enfin plus accessible au grand public. Du point de vue des créateurs d'abord, car, jusque-là protégée par des mécènes qui étaient le plus souvent des hommes politiques et mettaient l'art à leur profit, la culture s'émancipe désormais de l'État grâce, notamment, à des écrivains tels que Victor Hugo (1802-1885), qui n'hésitent pas à critiquer le pouvoir en place. L'artiste, considéré comme libre, acquiert un nouveau statut : il se professionnalise et devient un acteur à part entière de l'économie. Du point de vue des citoyens ensuite, puisque l'accès à l'enseignement va de pair avec l'accès à la culture et que celle-ci est à présent diffusée à grande échelle, via des périodiques de masse qui dispensent des informations culturelles et proposent des romans-feuilletons.

À l'aube du xixᵉ siècle, deux grands mouvements littéraires se partagent le devant de la scène : le romantisme, dont l'apogée se situe entre 1820 et 1848, et le réalisme, qui s'impose entre 1850 et 1870. Le premier, qui compte comme principaux représentants Alphonse de Lamartine (1790-1869), Victor Hugo ou encore Alfred de Musset (1810-1857), se caractérise par une sensibilité exacerbée, une mise en avant de l'émotion et de la passion, et un rejet de la société moderne au profit d'un retour aux sources passant par la contemplation, la valorisation du passé et l'amour de la nature. Le second, représenté entre autres par Stendhal (1783-1842), Honoré de Balzac (1799-1850) et Gustave Flaubert (1821-1880), se différencie du romantisme par sa rigueur, l'authenticité de son ton, et son souci de la vérité et de l'objectivité. Visant notamment à dénoncer les injustices, les œuvres réalistes se basent souvent sur une importante recherche documentaire, et proposent des descriptions minutieuses de l'homme et de son milieu.

Avec Zola, le réalisme connaît une seconde vie, tout en se faisant plus radical. On parle dès lors de naturalisme. L'écrivain entend appliquer la méthode expérimentale de Claude Bernard à l'écriture romanesque et s'inspire des théories de Prosper Lucas sur l'hérédité. Ce qu'il nomme le « roman expérimental » devient ainsi une sorte de laboratoire de la société où la biologie et l'histoire se mêlent pour déterminer le comportement et l'avenir des personnages. Sa célèbre série des *Rougon-Macquart*, sous-titrée *Histoire natu-relle et sociale d'une famille sous le Second Empire*, apparaît comme l'œuvre-phare du courant naturaliste. Mais si Zola est incontesta-blement l'instigateur, le théoricien et le plus grand représentant du mouvement, plusieurs auteurs empruntent pour un temps la même voie que lui, notamment les frères Goncourt (Edmond, 1822-1896, et Jules, 1830-1870), Alphonse Daudet (1840-1897) et Guy de Maupassant (1850-1893).

À la fin du siècle, le naturalisme s'étiole, mais il ne disparaît pas pour autant et perdure jusqu'au début du XXe siècle. Il cède la place, dans les années 1880-1900, au courant symboliste, qui se désintéresse quant à lui du réel pour revenir à une poésie rêveuse et empreinte de mysticisme. Les grands noms de ce nouveau mouvement idéaliste sont Stéphane Mallarmé (1842-1898), Paul Verlaine (1844-1896) et Arthur Rimbaud (1854-1891).

DE L'IDÉAL ROMANTIQUE
À LA DÉSILLUSION RÉALISTE

Fils d'un ingénieur d'origine vénitienne responsable de travaux publics et d'une citoyenne française, Émile Zola naît à Paris le 2 avril 1840. Mais c'est à Aix-en-Provence, où sa famille s'installe en 1843, qu'il passe la majeure partie de son enfance. Le futur écrivain perd son père, mort d'une pneumonie, alors qu'il n'a que sept ans. Il fréquente le collège Bourbon, où il fait la connaissance de Paul Cézanne (1839-1906), futur peintre impressionniste de renom, qui devient son ami.

À 18 ans, après toute une jeunesse passée en province, il quitte Aix pour Paris. Il y fréquente le lycée Saint-Louis et prépare un baccalauréat ès sciences, mais il échoue à l'épreuve et abandonne ses études. Zola vit alors des années difficiles : entre le dépaysement que lui offre la capitale, la nostalgie de la province, son manque de motivation face à ses études et un emploi trop modeste décroché au service des douanes, il a le moral au plus bas. Avant cette époque, il s'intéressait au romantisme, notamment aux œuvres de Lamartine et d'Hugo, mais désormais, pétrie par ses échecs, son admiration se porte plutôt sur des auteurs tels que Jules Michelet (1798-1874) ou George Sand (1804-1876), davantage tournés vers une sorte de froideur impersonnelle à la fois classique et réaliste.

UNE ENTRÉE DISCRÈTE
DANS LE MONDE LITTÉRAIRE

En 1862, sa vie prend un nouveau tournant : il est engagé par la librairie Hachette, d'abord comme manutentionnaire, puis comme chef de la publicité. Dans ce haut lieu de la littérature, il se lie avec de nombreuses figures de renom telles que le lexicographe Émile Littré

(1801-1881), le critique littéraire Sainte-Beuve (1804-1869), le philosophe et historien Hippolyte Taine (1828-1893), et l'écrivain Louis Edmond Duranty (1833-1880). C'est là, au milieu de toutes ces personnalités, que naît son ambition romanesque. À la même époque, il retrouve Cézanne, lui aussi monté à Paris, qui le met en contact avec une foule d'artistes en vogue, principalement des impressionnistes : Camille Pissarro (1830-1903), Alfred Sisley (1839-1899), Claude Monet (1840-1926) ou encore Auguste Renoir (1841-1919).

La première œuvre de l'apprenti écrivain, *Contes à Ninon*, est d'abord refusée par trois éditeurs avant d'être publiée en 1864. L'année suivante voit la parution de son premier roman, *La Confession de Claude*, qui signe ses débuts dans la littérature réaliste. Ce sont des années intenses pour Zola, qui enchaîne rencontres, découvertes, lectures et publications. C'est aussi à cette époque qu'il fait la connaissance de sa future femme, Alexandrine, qu'il épousera en 1870 (le couple n'aura pas d'enfants).

Sa renommée et sa carrière littéraire sont fortement marquées par une communication déclamée au Congrès scientifique d'Aix-en-Provence en 1866, durant laquelle Zola déclare son adhésion au scientisme. C'est cette même année qu'il commence à écrire ses plus grandes œuvres et qu'il décide de vivre uniquement de sa plume. Il quitte alors Hachette et se met au service de plusieurs journaux pour lesquels il rédige des critiques d'art et de littérature ensuite regroupées dans deux recueils intitulés *Mes haines* (1865-1866) et *Mon salon* (1866). Faits notables, il est presque le seul contemporain à saluer *L'Éducation sentimentale* (1869) de Flaubert et il prend la défense des impressionnistes.

DES PROJETS AMBITIEUX

En 1867, deux événements majeurs viennent compenser la perte de sa place de critique dans *L'Événement* : il publie un roman-feuilleton, *Les Mystères de Marseille*, et sa première œuvre à succès, *Thérèse*

Raquin, qui signe les premiers pas du naturalisme, même si celui-ci ne sera théorisé que bien plus tard. Le projet d'écrire une fresque sur le modèle de *La Comédie humaine* (1829-1850) de Balzac, afin d'inscrire ses différents romans dans un cadre cohérent, commence par ailleurs à germer dans son esprit. Il en élabore le plan entre 1868 et 1869.

Plan des *Rougon-Macquart* réalisé par Zola.

Entretemps, il découvre l'*Introduction à l'étude de la médecine expérimentale* (1869) de Claude Bernard, qui constitue pour lui une sorte de révélation : il décide alors d'appliquer les principes scientifiques énoncés par le médecin à ses romans (il écrira d'ailleurs à ce sujet un essai intitulé *Le Roman expérimental*, publié en 1880). À cette période, il écrit également dans plusieurs journaux d'opposition et s'insurge contre le Second Empire. À la chute de Napoléon III, il part en province pour quelques temps, notamment à Bordeaux et à Marseille, et observe de loin les débats de l'Assemblée nationale en tant que journaliste politique. À partir de 1872, revenu à Paris, il se consacre exclusivement à la littérature et à la rédaction de sa grande fresque littéraire, *Les Rougon-Macquart*, qui comptera 20 volumes (tous liés les uns aux autres, mais pouvant se lire de manière isolée) et l'occupera pendant plus de 20 ans.

Zola travaille beaucoup et a de l'ambition à revendre. Toutefois, son succès n'est pas encore total. Il faut attendre pour cela la parution de *L'Assommoir*, en 1877, qui fait de lui l'auteur le plus célèbre de son temps, en France comme à l'étranger, où ses œuvres sont traduites presque immédiatement après leur parution en français. Les romans suivants – *Nana* en 1880, *Au Bonheur des Dames* en 1883 et, surtout, *Germinal* en 1885 – confirment ce triomphe et assoient Zola comme le maître du naturalisme. Par ailleurs, à cause de *L'Œuvre* (1886), il se brouille avec Paul Cézanne, qui se sent visé par le portrait du peintre maudit qui y est brossé. Mais dans le même temps, l'écrivain se fait d'autres amis : Flaubert, Edmond et Jules de Goncourt, Alphonse Daudet ou encore Guy de Maupassant. Il achète en 1878 une maison à Médan qui deviendra le lieu de rencontres majeur des écrivains naturalistes. Les soirées de Médan donnent même lieu, en 1880, à un recueil de nouvelles naturalistes du même nom.

UNE FIN DE VIE MARQUÉE PAR L'ENGAGEMENT

En 1893, Zola met le point final à la série des *Rougon-Macquart* avec *Le Docteur Pascal*. Il élabore par la suite deux autres cycles : *Les Trois Villes* (1894-1898), une trilogie dans laquelle il essaye de se défaire de sa réputation de pessimiste en mettant l'accent sur le sentiment religieux, et *Les Quatre Évangiles* (de 1899 à sa mort), une série inachevée qui présente un mélange de socialisme, de religion et de justice, et revient notamment de manière métaphorique sur l'affaire Dreyfus.

Car cette affaire marque fortement l'écrivain à la fin de sa vie : Zola défend bec et ongles l'accusé dans le but de rétablir la vérité, mais en vain. C'est à l'occasion de cette défense clairvoyante et courageuse qu'il rédige la célèbre lettre *J'accuse*, publiée dans *L'Aurore* le 13 janvier 1898. À la suite de celle-ci, l'auteur est obligé de quitter la France pour l'Angleterre afin d'échapper à l'amende de 3000 francs et à la peine d'un an d'emprisonnement dont il a écopé. Il revient d'exil en 1899 pour le procès d'appel, après l'annulation de son jugement, et continue envers et contre tout à soutenir Dreyfus.

À la fin de l'année 1902, abandonnant sa maison de Médan pour l'hiver, il s'installe dans son appartement de Paris, inhabité depuis des mois. Après avoir allumé et couvert le feu, il se couche avec sa femme. Le lendemain, il est retrouvé mort, intoxiqué par les fumées résiduelles du feu, tandis que son épouse lui survit. La thèse criminelle n'a jamais été totalement écartée.

Son décès émeut profondément les masses et connaît un retentissement international. Les obsèques ont lieu le 5 octobre 1902, en grandes pompes. Parmi les hommages notables qui lui sont rendus, on peut citer celui de l'écrivain Anatole France (1844-1924), qui déclare : « Il fut un moment de la conscience humaine » ; ou encore celui de la délégation des mineurs de Denain qui accompagne le cortège en criant à sa suite : « Germinal, Germinal ! » Enfin, le 6 juin 1908, ses cendres ont été transférées au Panthéon, dernier témoignage de l'admiration que suscitait ce grand homme.

L'AFFAIRE DREYFUS

Le 15 octobre 1894, le capitaine Alfred Dreyfus (1859-1935) est arrêté pour trahison et complot : il aurait remis à l'Empire allemand des documents secrets français. En raison de l'antisémitisme de la société française de l'époque, la confession juive de l'accusé ne joue pas en sa faveur. Ainsi, le 22 décembre, il est condamné à la déportation à vie. Au départ de résonnance limitée, l'affaire acquiert un écho international quand Zola, suivi par de nombreux autres auteurs, prend le parti de Dreyfus. L'écrivain publie un premier article en 1897, *Procès-Verbal*, dans *Le Figaro* et une brochure, *Lettre à la jeunesse*. En janvier de l'année suivante, *L'Aurore* présente *J'accuse*, une lettre de l'auteur adressée à Félix Faure (1841-1899), alors président de la République, dans laquelle il dénonce les machinations du procès. À partir de ce moment, l'affaire prend une ampleur démesurée et déchire la France de la Troisième République entre dreyfusards et anti-dreyfusards, ce qui fait naître de nombreuses polémiques nationalistes et antisémites. Lors du second procès, les bureaux militaires l'emportent à nouveau sur Dreyfus, mais, en 1906, après le suicide et la fuite des vrais coupables, la vérité jaillit et la Cour de cassation innocente l'accusé.

Deuxième Année. — Numéro 87 — Cinq Centimes — JEUDI 13 JANVIER 1898

Directeur
ERNEST VAUGHAN

Directeur
ERNEST VAUGHAN

L'AURORE

Littéraire, Artistique, Sociale

J'Accuse…!

LETTRE AU PRÉSIDENT DE LA RÉPUBLIQUE

Par ÉMILE ZOLA

**LETTRE
A M. FÉLIX FAURE**

Président de la République

Monsieur le Président,

Me permettez-vous, dans ma gratitude pour le bienveillant accueil que vous m'avez fait un jour, d'avoir le souci de votre juste gloire et de vous dire que votre étoile, si heureuse jusqu'ici, est menacée de la plus honteuse, de la plus ineffaçable des taches ?

J'accuse, lettre publiée dans *L'Aurore* le 13 janvier 1898.

CARACTÉRISTIQUES

LA NAISSANCE DU ROMAN EXPÉRIMENTAL

Si, au départ, le jeune Zola est un fervent admirateur des écrivains romantiques, les épreuves de la vie le poussent à épouser l'idéologie réaliste et à prendre pour idoles Balzac, Stendhal ou encore Flaubert. Mais, très vite, cette esthétique ne lui suffit plus : sa découverte des théories scientifiques de Claude Bernard et de Prosper Lucas fait fleurir en lui des idées neuves en termes de description du monde. Il subit également l'influence de l'historien Hippolyte Taine, lui-même fortement marqué par le scientisme, qui hisse l'histoire au rang de science exacte soumise à la possibilité d'expérimentation. Enfin, il ne faut pas non plus oublier qu'il a largement côtoyé, lorsqu'il travaillait chez Hachette, certains membres du courant positiviste, caractérisés par leur foi dans le progrès et leur croyance en un savoir empirique.

Ce sont toutes ces rencontres et ces découvertes qui tissent en Zola la racine du naturalisme. L'écrivain a en effet pour ambition d'appliquer les principes de la méthode expérimentale de Claude Bernard à la littérature. Celle-ci consiste à tester un phénomène par une expérimentation répétée pour tenter de l'expliquer. De même, afin de comprendre l'histoire contemporaine, la société et la nature humaine, Zola les met en scène dans ses romans en s'appuyant sur le plus de documentation possible et adoptant dans chaque texte un point de vue particulier. Il cherche en outre à démontrer l'hypothèse du double déterminisme : l'homme est selon lui déterminé d'une part par son environnement et les circonstances, d'autre part par sa généalogie et les caractéristiques qu'il a héritées de ses aïeuls. Concrètement, dans chacun de ses romans, l'écrivain observe un individu particulier et étudie les conséquences psychologiques qu'ont sur lui des variables telles que le milieu, l'époque et l'hérédité. C'est ainsi qu'il crée ce qu'il appelle le roman expérimental, qui fera son succès et deviendra son idéal romanesque.

L'ÉCRIVAIN COMME OBSERVATEUR DU RÉEL

Pour composer ce type de roman, l'écrivain doit avant tout se faire observateur de la réalité. Le principe est simple : pour décrire un phénomène, il faut d'abord l'étudier en profondeur et bien le comprendre. C'est ainsi que Zola, pour chacune de ses œuvres, mène des enquêtes approfondies au sujet des milieux qu'il sou-haite décrire : il se documente scrupuleusement sur les conditions de vie et l'organisation des milieux en question, se rend même sur le terrain, réalise des interviews, établit des fiches sur les différents types de personnes rencontrées, dessine des plans, etc. Ses investigations lui permettent ainsi de mettre en scène, au total, plus de 1 200 personnages issus des milieux les plus divers (les Halles, l'Église, la prostitution, les grands magasins, les cheminots, etc.), ce qui dote son œuvre d'une valeur documen-taire exemplaire.

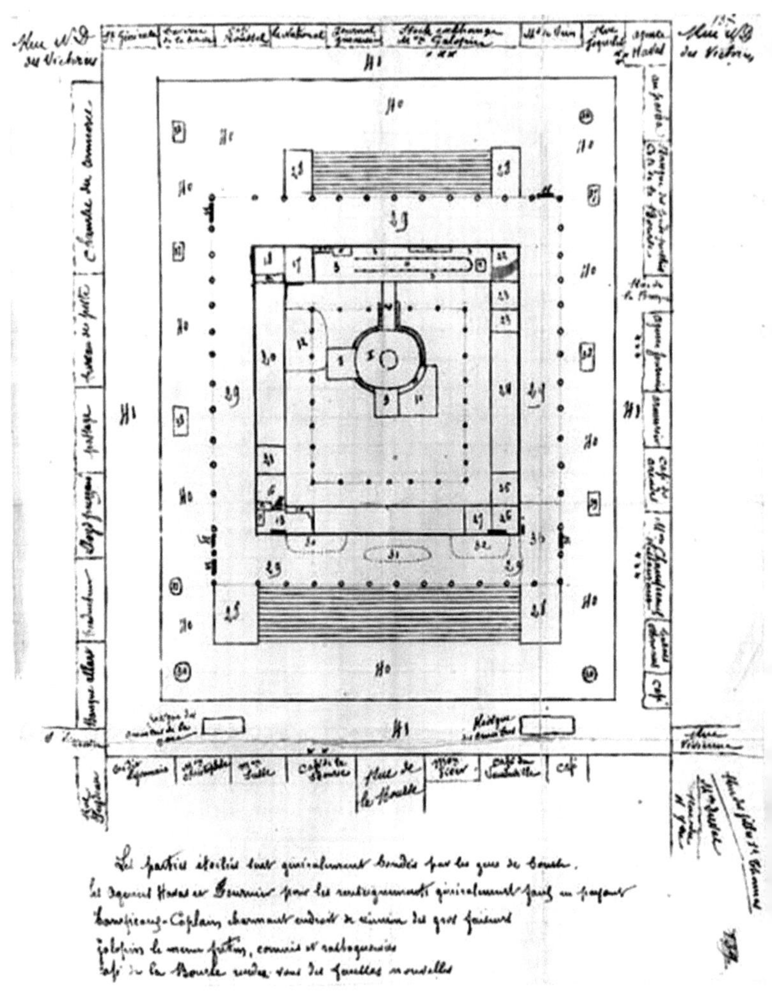

Plan de la Bourse réalisé par Zola.

Ses plus grandes recherches sont menées dans le cadre de la préparation d'*Au Bonheur des Dames* : il passe plus de deux mois dans les grands magasins du Louvre et au *Bon Marché* afin de bien saisir leur organisation et leur logique. Le travail de Zola peut presque être qualifié de journalistique. D'ailleurs, n'oublions pas qu'à côté de son intense production romanesque, Zola est aussi journaliste, une activité qui influence sans aucun doute son approche de la littérature.

Somme toute, cette écriture quasi-scientifique est un des traits majeurs de l'œuvre de Zola et est d'ailleurs intrinsèquement liée à son projet : son œuvre romanesque doit être totale, cohérente et minutieuse, au moins autant que le monde réel et les faits historiques si étudiés au XIXe siècle. L'écrivain ne veut rien moins que saisir et dire le monde dans sa totalité.

MINUTIE DE LA DESCRIPTION ET RIGUEUR DE LA CONSTRUCTION

Tout ce travail préparatoire n'est évidemment pas sans conséquence sur la langue et l'écriture de Zola. Après s'être autant documenté, il n'est pas question de déformer la réalité en adoptant un style romantique, symboliste ou même classique ; il s'agit de rendre le réel de la manière la plus transparente possible. Pour cela, l'écriture réaliste est celle qui lui semble la plus adaptée. Zola écrit donc ses romans comme on décrirait un tableau de la vie quotidienne : il nous livre, à travers de longues descriptions extrêmement détaillées, une version non-enjolivée du monde avec impartialité et objectivité, grâce à une langue travaillée et recherchée, mais toujours en adéquation avec le réel, et qui va parfois jusqu'à prendre la forme populaire et expressive du milieu qu'il décrit (ses personnages, fidèles à la réalité, s'expriment souvent en argot).

L'œuvre de Zola se fonde par ailleurs sur une construction extrêmement logique et solide, tant microstructurelle – les chapitres sont minutieusement agencés – que macrostructurelle – la structure d'ensemble des *Rougon-Macquart* se base sur une généalogie claire et définie, et chaque roman traite d'un ou de plusieurs personnages de la famille Rougon-Macquart. Il s'agit même là du fondement de sa fresque historico-sociale : sa composition parfaite et délicieusement complexe, presque symphonique, permet ainsi la mise en avant de la collectivité sur le destin individuel. Ceci est encore accentué par l'utilisation importante et particulière que Zola fait du discours indirect libre : caractérisé par l'absence de verbe initiateur de parole (dire, penser, parler, demander, etc.) et à cheval entre style direct et style indirect, ce type de discours donne l'impression que le roman est écrit par une immense voix collective.

ARTIFICES ROMANESQUES ET RÉSEAUX DE SYMBOLES

Mais si Zola se présente lui-même comme un écrivain minutieux et méthodique, il se revendique également romancier : en ce sens la part d'imagination contenue dans ses romans est non-négligeable et il use volontiers d'artifices romanesques, mais toujours dans le but de servir la vérité. Tout en travaillant ses scènes de manière à livrer la réalité crue et nue, il fait alors ressortir tel ou tel détail par le choix d'un point de vue particulier. Il parsème également ses romans de nombreux symboles ou de réseaux symboliques relevant d'une sorte de poésie d'arrière-plan, et ce afin de donner plus de force à ses œuvres. Par exemple, dans *Germinal*, les couleurs rouge et noire qui renvoient au feu et au charbon, sont omniprésentes.

Aussi, sous ses airs de témoin fidèle, exagère-t-il parfois le réel jusqu'à le transformer en symbole à part entière. Sa peinture des masses et des foules, bien plus que des individus particuliers, est à cet égard significative. Conférant à son œuvre une dimension puissamment épique, il met l'accent sur le collectif, la foule, l'unicité, montrant ainsi que les véritables héros, à ses yeux, sont les ensembles sociaux, pourvus, comme les hommes, d'une capacité d'évolution, vers le meilleur ou vers le pire.

Enfin, son œuvre présente également des motifs ancestraux, des stéréotypes et des archétypes : entre autres, le monstre-machine dans *La Bête humaine*, la violence dans *Germinal*, le sexe populaire et la fécondité dans *La Terre*, la dévoration dans *Au Bonheur des Dames*, etc. Ces symboles, qui relèvent de l'imaginaire collectif et portent la trace du mythe, élèvent l'œuvre de Zola au rang des plus grandes légendes.

DES THÈMES MODERNES ET RÉVOLUTIONNAIRES

En tant que fin observateur de la réalité de son temps, et influencé par son activité journalistique, Zola se focalise fatalement sur des thèmes d'actualité et inscrit chacune de ses œuvres dans la société de l'époque, décrivant de manière minutieuse son organisation globale, ainsi que l'atmosphère quotidienne et les conditions de vie de chaque classe sociale. Plus particulièrement, certains thèmes reviennent de manière récurrente :

- le monde des affaires : des grands magasins à la finance en passant par les industries, Zola aime à dépeindre le monde très bourgeois des nouveaux riches qui, bien souvent, cachent derrière le masque de la réussite les vices qui leur ont permis d'en arriver là où ils sont ;

- les problèmes sociaux et le monde ouvrier : l'auteur revient à de nombreuses reprises sur la classe ouvrière qui a émergé depuis peu, et qui tente de se faire une place et de faire entendre ses droits à coup de grèves et de rébellions ;
- la déchéance du petit peuple : écrasés par les plus grands, les malheureux de Paris sombrent peu à peu dans la folie, la prostitution, l'alcoolisme, le crime ou la mendicité, et Zola, témoin des injustices du quotidien, les décrit avec objectivité et pertinence.

L'auteur est souvent considéré comme un romancier noir : la majorité de ses romans sont dotés d'une atmosphère très sombre et se terminent mal pour les protagonistes. Toutefois, même si la logique de la plus grande partie de sa production tend vers la dégradation, la dégénérescence et la détérioration, passant par une esthétique de la répétition et de la périodicité qui rend l'univers zolien plus noir qu'il ne l'aurait voulu, l'écrivain clôt son œuvre sur une image d'espoir et de vie. Il prouve par là à ses lecteurs qu'il reste foncièrement positiviste, autrement dit qu'il a foi dans le progrès et qu'il désire contribuer à l'évolution de la société moderne.

En réalité, Zola est convaincu que chaque romancier a un rôle de réformateur, et qu'il est chargé de dénoncer les défauts de la société et de faire ressortir dans ses œuvres le vrai et le juste afin de promouvoir une société meilleure. Au-delà de son engagement particulier dans l'affaire Dreyfus, il pense ainsi avoir une véritable mission envers le peuple. En tant que témoin des injustices de la société, *a fortiori* en tant que positiviste en faveur du progrès, il veut ouvrir les yeux de ses lecteurs et changer les mentalités dans l'espoir d'une révolte contre les inégalités et d'une réforme en profondeur de l'organisation sociale et économique.

SÉLECTION D'ŒUVRES

THÉRÈSE RAQUIN

Écrit bien avant l'idée des *Rougon-Maquart*, *Thérèse Raquin* est le troisième roman d'Émile Zola. Publié d'abord sous forme de roman-feuilleton, puis en volume en 1867, il assure à l'auteur un succès qui signe véritablement le début de sa carrière littéraire. C'est dans ce récit que Zola ébauche le naturalisme.

Thérèse est mariée à Camille, son cousin, un homme souffreteux et faiblard qu'elle a épousé suite à l'insistance de sa tante, Mme Raquin, et qu'elle ne supporte plus. Aussi, quand ils déménagent tous les trois à Paris et qu'elle rencontre Laurent, un jeune homme actif et vif d'esprit, s'emballe-t-elle rapidement. Elle devient alors sa maîtresse et, peu de temps après, les amants tuent le mari gênant en le jetant à l'eau. Dans un premier temps, ils n'osent plus se voir, mais Thérèse ayant fini par convaincre Laurent qu'ils oublieront rapidement l'incident, ils se marient. Malheureusement, elle avait tort : le remords, la rancœur, la honte, la colère et la peur prennent le dessus sur leur couple, et ils se disputent ouvertement à ce propos devant la tante Raquin, désormais paralysée. Celle-ci comprend avec horreur ce qu'il s'est passé, mais, prisonnière de son corps, elle ne peut ni les dénoncer ni se venger d'eux. Les deux amants finissent par s'empoisonner l'un l'autre sous les yeux de la vieille femme impuissante.

L'œuvre est unanimement bien accueillie, à la fois par la critique et par le public. Il faut dire que, malgré la jeunesse d'un Zola toujours en quête de sa griffe, ce roman témoigne déjà d'un profond ancrage dans la tradition réaliste. On y trouve aussi, en germe, les caractéristiques majeures des romans zoliens : fin tragique, pessimisme, observation de la décadence, description minutieuse des classes et des milieux, réalisme social et humain.

Par ailleurs, Zola effectue déjà, avant la rédaction du roman, des investigations de terrain. Par conséquent, de ses descriptions ressort l'impression d'une démarche plus scientifique qu'artistique. La construction autour du thème principal est elle aussi minutieuse et méthodique, la succession des événements correspondant scrupuleusement à l'accroissement du remords des deux personnages. L'étude des émotions, des sentiments et de leurs conséquences est tellement poussée que le roman pourrait aisément passer pour une étude pathologique de l'obsession. Ici, les deux composantes essentielles du naturalisme – psychologie et physiologie – se rencontrent déjà.

L'ATTAQUE DU MOULIN

L'Attaque du moulin est la contribution de Zola à un recueil de six nouvelles naturalistes publié en 1880, *Les Soirées de Médan*, et réunissant des auteurs phare de l'époque : Paul Alexis (1847-1901), Joris-Karl Huysmans (1848-1907), Guy de Maupassant, Léon Hennique (1850-1935) et Henry Céart (1851-1924). Cet ouvrage est souvent considéré comme le manifeste du naturalisme et a laissé au moins un texte à succès, qui a contribué au passage à la postérité de son auteur : il s'agit de *Boule de suif* de Maupassant.

Élu à l'unanimité par ses auteurs, le thème des *Soirées de Médan* porte sur le conflit franco-prussien de 1870-1871. Dans l'optique naturaliste, chacun des participants adopte une esthétique détachée, objective et réaliste, dépouillant la guerre de sa prétendue gloire pour mettre l'accent sur des sentiments bien moins reluisants qui lui sont liés, tels que la honte, la bêtise, la décadence ou la lâcheté. Globalement, le recueil peut être qualifié d'anti-belliqueux et d'antimilitariste.

La trame de *L'Attaque du moulin*, première nouvelle de l'ouvrage, prend place au début de la guerre, dans un petit village de province nommé Rocreuse. La nouvelle s'ouvre sur une fête de fiançailles, celles de la fille du meunier, Françoise, avec Dominique. À peine un mois plus tard, l'armée prussienne envahit le village et prend possession du moulin. Les jeunes fiancés assistent aux premiers combats, voient de nombreux hommes tomber et les Français reculer. Dominique, monté au front en qualité de tireur, est fait prisonnier et condamné à mort, mais Françoise le convainc de s'enfuir. Constatant sa disparition au petit matin, les Prussiens décident de condamner le meunier à sa place, et Françoise se retrouve alors face à un terrible dilemme : doit-elle livrer son époux pour sauver son père ? Prête à faire ce sacrifice, elle est toutefois libérée de ce choix lorsque Dominique est à nouveau capturé. La jeune femme, qui prie alors pour que des renforts français arrivent, voit son vœu exaucé, mais Dominique et le meunier sont tous deux tués dans l'émeute. La victoire, amère, s'achève par la chute du moulin, tombé sous les coups de canon.

Au-delà de la quasi-personnification du moulin (l'anthropomorphisation des machines est un thème cher à Zola), des descriptions minutieuses de la nature et de la vie rurale, et de la peinture précise d'un milieu social particulier, c'est ici le dénouement, très mitigé, qui ancre le plus clairement cette nouvelle dans le courant naturaliste. Si Zola fait triompher les valeurs patriotiques et collectives, il se focalise surtout sur les retombées tragiques de la victoire sur la vie du petit peuple rural. Malgré le triomphe de l'armée française, l'auteur adopte un point de vue réaliste sur la destruction engendrée par la guerre, tant du point de vue humain que familial, social et même naturel – en faisant tomber le moulin, véritable cœur de Rocreuse, c'est tout le village qui s'écroule. La vie de Françoise et le petit coin de paradis où elle vivait sont ainsi sacrifiés sur l'autel de la guerre.

GERMINAL

Treizième roman des *Rougon-Macquart*, *Germinal* est certainement aussi le plus connu et le plus lu de la série. Cette œuvre, écrite entre 1884 et 1885 – mais pour laquelle Zola a commencé ses recherches bien avant –, paraît en feuilleton ces mêmes années et est éditée en volume en mars 1885. Dès sa publication, elle est louée unanimement par le public et la critique, ce qui contribue sans aucun doute à sa large diffusion et à son passage à la postérité.

Étienne, un jeune homme bon et intelligent, fils de Gervaise Macquart et d'Auguste Lantier, se retrouve à travailler dans les mines de Montsou, dans le nord de la France, où les conditions sont exécrables et où même femmes et enfants descendent au trou. Logé chez la famille Maheu, il tombe rapidement amoureux de Catherine, la fille, qu'il courtise. En dehors de son travail, il milite pour les droits des ouvriers et tente même d'amorcer une grève à tendance socio-communiste. Cependant, des violences mettent fin à la grève et le travail repend. C'est alors que Souvarine, le principal rival d'Étienne, un anarchiste complètement dénué de morale, déclenche une inondation à cause de laquelle Étienne et Catherine se retrouvent bloqués dans les souterrains. Cette dernière meurt dans les bras du jeune homme et celui-ci, sauvé, mais profondément bouleversé, comprend alors que la bonté et les grandes idées ne manquent pas, mais qu'il est nécessaire de les assortir de quelque organisation. Quittant les mines pour Paris, il projette de mettre en marche les premières revendications ordonnées. Le roman se termine sur sa vision songeuse d'un avenir en germination.

Depuis le succès de *L'Assommoir*, Zola a pour projet de composer un roman prenant le peuple pour héros et le socialisme pour ligne de conduite. Après avoir songé au cadre historique de la Commune déjà noyée dans un passé trop ancien, il décide de prendre pour sujet les revendications minières qui bousculent la France de l'époque, ainsi que la sacro-sainte distinction entre classes sociales.

Pour donner le plus de poids possible à ce nouveau roman, l'écrivain se documente avec encore plus de minutie qu'auparavant : il part vivre avec les mineurs pendant environ un mois, interroge les ouvriers et les ingénieurs sur leur quotidien, et rencontre même les meneurs de grèves. Zola s'attache ensuite à décrire avec méthode et précision les conditions de vie du peuple et les raisons de sa révolte, dépeignant aussi le quotidien des femmes ouvrières, sorties de leurs tâches traditionnelles pour aller travailler à l'extérieur. Mais au-delà de la description pure, il prend également position à travers une métaphore comparant les révoltes minières à la germination printanière. « Germinal » est d'ailleurs le nom d'un mois du calendrier révolutionnaire républicain qui correspond au moment de l'année où la nature se renouvelle et renaît. L'écrivain laisse ainsi entrevoir la possibilité d'une sortie de l'ombre pour toute une classe d'opprimés qui devront se révolter pour s'affranchir et s'affirmer.

C'est ainsi que *Germinal* constitue le premier pas de Zola dans l'engagement politico-social. L'écrivain traite par ailleurs, dans ce roman, de valeurs morales existentielles (comme la dignité des miséreux ou la justice pour tous) sur lesquelles il estime que ses contemporains doivent se baser pour gouverner le monde moderne. Il pointe aussi du doigt certains problèmes fondamentaux tels que la pauvreté, la misère, l'injustice, la dignité, les souffrances ou encore le mal-être des travailleurs, qui étaient jusque-là imputés à la fatalité. Son but ? Tenter de rétablir un ordre moral sain, faire réfléchir les dirigeants et pousser à la méfiance vis-à-vis du capitalisme tout en prônant certains aspects du socialisme, notamment ceux basés sur la collectivité et l'égalité des classes.

Enfin, notons encore que cette vision d'une lutte d'ensemble confère à l'ouvrage une dimension épique. Dans *Germinal*, Zola transforme des événements contemporains en une véritable épopée légendaire. Ce roman, acclamé par le peuple et salué par les socialistes, reste, encore aujourd'hui, une œuvre de grande envergure.

ÉMILE ZOLA, UNE SOURCE D'INSPIRATION

Germinal, Au Bonheur des Dames, La Bête humaine, Nana, Pot-Bouille... autant de titres qui sont connus de tous et font aujourd'hui partie du cercle des grands classiques de la littérature française et mondiale. Zola est en effet bel et bien passé à la postérité, et avec majesté ! Il est considéré comme l'auteur français le plus emblématique de la fin du XIXe siècle et est étudié dans presque tous les cursus scolaires existants en France. Hissé au rang de fierté nationale, il incarne une figure révolutionnaire et engagée, doublé d'un écrivain minutieux et talentueux.

La chance de Zola naît de la rencontre de son exceptionnel sens romanesque avec une période historique particulière, pleine de bouleversements et en marche vers la modernité. De ce croisement émerge une magnifique épopée du XIXe siècle qui traversera les époques, les modes et les frontières pour devenir un véritable mythe. Les romans de Zola, à peine publiés, sont immédiatement traduits à l'étranger et les idées naturalistes cheminent partout en Europe, où elles acquièrent une popularité certaine malgré quelques détracteurs.

S'il a les faveurs du public, Zola est également très apprécié des critiques et des auteurs et artistes du monde entier. Il apparaît d'ailleurs comme « la » référence romanesque pour la fin du XIXe siècle et le début du siècle suivant. Charles Reade (1814-1884) crée notamment une adaptation romanesque de *L'Assommoir* quelques années à peine après la parution de l'œuvre zolienne. Sa vision objective, humble et vraie de la société fascine, de même que son engagement en faveur de l'égalité et de la justice, qui encourage d'autres auteurs à s'impliquer eux-mêmes. Néanmoins, malgré son incroyable succès populaire et critique, Zola, qui pourtant le désirait ardemment, n'a jamais été élu membre de l'honorable Académie française. Il ne fait par ailleurs que peu d'émules. Le naturalisme décline rapidement et finit par disparaître en même temps que les différents participants des soirées de Médan. Par la suite, il ne séduit que quelques auteurs étrangers, dont le plus notable est l'écrivain italien Giovanni Verga (1840-1922), qui est aussi l'un des plus grands représentants du vérisme, un courant artistique fortement inspiré du naturalisme.

Dès l'apparition et la popularisation du petit et du grand écran, les réalisateurs voient dans les œuvres de Zola une source d'inspiration inépuisable, et de nombreuses adaptations voient le jour : plus de 150 films et téléfilms en tout, issus de différents pays et réalisés en diverses langues. La première date de l'année-même de la mort de Zola : il s'agit de *L'Assommoir* de Ferdinand Zecca. Après, de nombreuses autres œuvres font l'objet d'adaptations plus ou moins fidèles, les plus fréquentes concernant les romans *Nana* (en 1926 par Jean Renoir ou en 1955 par Christian-Jaque pour le cinéma, en 1981 par Maurice Cazeneuve ou en 2001 par Édouard Molinaro pour la télévision) et *Germinal* (pour le cinéma, dès 1903 avec le film de Ferdinand Zecca et jusqu'à nos jours, avec une adaptation remarquable en 1993 par Claude Berri). Notons que la vie d'Émile Zola a également été le sujet de plusieurs réalisations cinématographiques, comme celle de William Dieterle, *La Vie d'Émile Zola*, en 1937.

EN RÉSUMÉ

- Chef de file du naturalisme et auteur incontournable de la fin du XIXe siècle, Émile Zola s'impose dans un contexte troublé et en pleine période de mutation : l'heure est au capitalisme, à l'industrialisation et au scientisme.

- C'est justement cette marche vers la modernité qui lui inspire les principes généraux de son art : appliquant la méthode scientifique à l'écriture romanesque, il crée ce qu'il appelle le roman expérimental. Il observe et expérimente, dans ses romans, la société et les individus pris dans des conditions et des événements particuliers.

- Zola se fait ainsi peintre de la société, et décrit avec minutie le monde qui l'entoure et ses (r)évolutions. Pour ce faire, il se base sur de nombreuses recherches personnelles, et adopte une écriture réaliste, descriptive et objective.

- La vaste fresque littéraire des *Rougon-Macquart*, composée de 20 romans, constitue le cœur de son œuvre. Elle est la parfaite mise en application des principes naturalistes. Suivant l'histoire d'une famille sur cinq générations, elle prend appui sur les principes d'hérédité et de dégénérescence, et dépeint toutes les classes sociales et tous les milieux dans un mouvement d'ensemble parfaitement maîtrisé.

- En réalité, Zola est convaincu que chaque romancier a un rôle de réformateur, et qu'il est chargé de dénoncer les défauts de la société et de faire ressortir dans ses œuvres le vrai et le juste afin de promouvoir un monde meilleur.

- Par ailleurs, la description des foules et du mouvement des masses, qui fait la griffe de Zola, confère à son œuvre une dimension épique et mythique : ce qui compte, c'est l'unicité, le collectif.

- Engagé dans ses œuvres, l'écrivain l'est aussi dans la vie. Vers la fin de son existence, il se prend de passion pour l'affaire Dreyfus, un conflit politico-social majeur dans lequel il prend le parti de la vérité, à ses propres dépens.

- Accueilli unanimement par le public et la critique de son temps, Zola ne tarde pas à entrer au panthéon des lettres françaises et mondiales, où il tient encore aujourd'hui une place de choix.

POUR ALLER PLUS LOIN

SOURCES BIBLIOGRAPHIQUES

- ALBERT (Paul), *La Littérature française au XIXe siècle*, Paris, Hachette, 1884-1885.
- AMBRIÈRE (Madeleine) (dir.), *Précis de littérature française du XIXe siècle*, Paris, PUF, 1990.
- BATILLIAT (Marcel), *Émile Zola*, Paris, Rieder, 1931.
- BEAUMARCHAIS (Jean-Pierre, de) et COUTY (Daniel) (dir.), *Grandes Œuvres de la littérature française*, Paris, Larousse, 1997 (article « Germinal »).
- BEAUMARCHAIS (Jean-Pierre, de) et COUTY (Daniel) (dir.), *Dictionnaire des œuvres littéraires de langue française*, Paris, Bordas, 1994, volume 2 (article « Germinal »), volume 3 (article « Naturalisme ») et volume 5 (articles « Thérèse Raquin » et « Zola »).
- BECKER (Colette), *Émile Zola : Germinal*, Paris, PUF, 1988.
- BENOIT-DUSAUSOY (Annick) et FONTAINE (Guy), *Dictionnaire des auteurs européens*, Paris, Hachette, 1995 (article « Zola »).
- BOUTY (Michel), *Dictionnaire des œuvres et des thèmes de la littérature française*, Paris, Hachette, 1990 (articles « Germinal » et « Rougon-Macquart »).
- CLARAC (Pierre) (dir.), *Dictionnaire universel des lettres*, Paris, Société d'édition de dictionnaires et encyclopédies, 1961 (articles « Thérèse Raquin » et « Zola »).
- COLLECTIF, *Encyclopédie de la littérature*, Paris, Librairie Générale française, 2003 (articles « Zola », « Naturalisme » et « Roman »).
- DUBOIS (Jacques), *Les Romanciers du réel. De Balzac à Simenon*, Paris, Seuil, 2000.

- Dumesnil (René), *Le Réalisme et le Naturalisme*, Paris, Éditions Mondiales/De Gigord, 1955.
- Garrigues (Jean) et Lacombrade (Philippe), *La France au xixe siècle : 1814-1914*, Paris, Armand Colin, 2004.
- Grente (Georges) (dir.), *Dictionnaire des lettres françaises. xixe siècle*, Paris, Fayard, 1972, volume 2 (article « Zola »).
- Laffont (Robert) et Bompiani (Valentino) (dir.), *Le Nouveau Dictionnaire des auteurs de tous les temps et de tous les pays*, Paris, Laffont, 1994, volume 1 (article « Zola »).
- Laffont (Robert) et Bompiani (Valentino) (dir.), *Le Nouveau Dictionnaire des œuvres de tous les temps et de tous les pays*, Paris, Laffont, 1994, volume 3 (article « *Germinal* ») et volume 6 (article « *Thérèse Raquin* »).
- Langenhagen (Marie-Aude de) et Guislain (Gilbert), *Zola*, s.l., Studyrama, 2005.
- Lepelletier (Edmond), *Émile Zola : sa vie, son œuvre*, Paris, Mercure de France, 1908.
- Michel (Arlette), *et alii*, *Littérature française du xixe siècle*, Paris, PUF, 1993.
- Mitterand (Henri), *Zola*, Paris, Fayard, 2001 (3 tomes).
- Mitterand (Henri) et Vidal (Jean), *Album Zola*, Paris, Gallimard, 1963.
- Mougin (Pascal) (dir.), *Dictionnaire de la littérature française et francophone*, Paris, Larousse, 2012 (article « Zola »).
- Pagès (Alain), *Zola et le groupe de Médan : histoire d'un cercle littéraire*, Paris, Perrin, 2014.
- Robert (Guy), *Émile Zola, principes et caractères généraux de son œuvre*, Paris, Les Belles Lettres, 1952.
- Seassau (Claude), *Émile Zola, le réalisme symbolique*, s.l., Corti, 1989.
- Stalloni (Yves), *Dictionnaire du roman*, Paris, Armand Colin, 2006 (articles « Naturaliste » et « Zola »).
- Vaillant (Alain), Bertrand (Jean-Pierre) et Régnier (Philippe), *Histoire de la littérature française du xixe siècle*, Rennes, Presses Universitaires de Rennes, 2006.

- Van Tieghem (Philippe), *Dictionnaire des littératures*, Paris, PUF, 1968, volume 3 (article « Zola »).
- Zola (Émile), *Germinal*, Paris, Le Livre de poche, 2000.
- Zola (Émile), *Thérèse Raquin*, Paris, Gallimard, 2007.
- Zola (Émile) *et alii*, *Les Soirées de Médan*, Paris, Grasset, 2003.

SOURCES COMPLÉMENTAIRES

- *Chambre noire*, documentaire sur la relation entre Zola et la photographie, par Michel Tournier et Albert Plécy, 1969, consulté le 06/07/2015.
  http://www.ina.fr/video/CPF86620514
- *Émile Zola*, court-métrage documentaire de Jean Vidal, 1954.
- *Émile Zola*, exposition en ligne de la BnF, consulté le 02/06/2015.
  http://expositions.bnf.fr/zola
- *La Mort d'Émile Zola*, documentaire audio de Franck Ferrand, consulté le 06/07/2015.
  http://www.europe1.fr/mediacenter/emissions/au-coeur-de-l-histoire/sons/l-integrale-la-mort-d-emile-zola-1189935
  Le site des *Cahiers naturalistes*, la revue de la Société littéraire des Amis d'Émile Zola, consulté le 02/06/2015.
  http://www.cahiers-naturalistes.com/
  Le site de la maison de Médan, devenue également musée depuis 1985, consulté le 02/06/2015.
  http://www.maisonzola-museedreyfus.com/maisonzola.html

SOURCES ICONOGRAPHIQUES

- *J'accuse*, lettre publiée dans *L'Aurore* le 13 janvier 1898. La photo reproduite est réputée libre de droits.
  Plan de la Bourse réalisé par Zola. La photo reproduite est réputée libre de droits.
  Plan des *Rougon-Macquart* réalisé par Zola. La photo reproduite est réputée libre de droits.

www.50minutes.com

Éditeur responsable : Lemaitre Publishing
Avenue de la Couronne 382 | BE-1050 Bruxelles
info@lemaitre-editions.com

ISBN ebook : 978-2-8062-6308-7
ISBN papier : 978-2-8062-6309-4
Dépôt légal : D/2015/12603/85
Photo de couverture : © *Portrait d'Émile Zola* (1868),
par Édouard Manet.

Conception numérique : Primento,
le partenaire numérique des éditeurs